歌集

種子のまつぶさ

佐波洋子

本阿弥書店

歌集　種子のまつぶさ＊目次

I

装画　佐々木美穂子
装幀　長谷川周平

歌集　種子のまつぶさ

佐波洋子

I

普通

家付きの蛇も守宮も見ぬ庭に星の雫の降りて立冬

娘の作るせっけん窓辺に乾されいて忘れたころに石鹼になる

腫瘍ふたつだまし討ちのごと育ちいる夫の頭蓋の暗い空洞

手術日を待ちいる夫の二ケ月の貴きごとし柿の燈の照り

きょうの普通あしたの普通たいせつに夫もわたしも会合にゆく

想念の尖端に触れるごとく鳴る電話に意志の点りはじめて

むさぼれる朝寝の夢に大虹のふとぶととして空に弧を描く

病院は森のごとくにゆうぐれの下校の子らの声をひびかす

カレンダーは「嵐の岬」喜望峰　病む夫に手を振り病室を出る

なきがらはついに見ざりし蟬たちの鳴き声のこる大樟も冬

軍手とシャツ

こんなにも原発のしるし付されたる日本地図には逃げ場所のなし

校庭に積まれたるあまたの汚染土の袋破るるは想定外か

土移す人ら軍手とシャツの間の素肌は画面にあまりに無防備

今年はじめの土筆を二本取り来たる夫の散歩に春あらし吹く

一年の経てば復興進めるとゆめ思うなとラジオは告げる

ふじばかま

暮れてゆく東寺の庭の藤袴　困難ひとつ置いて来たりし

空海の立体曼荼羅に酔うごとく講堂出れば風花が舞う

貧血のまなこに仰ぐ五重塔の相輪ばかりが空を指しおり

みなもとは清らに冥く湧き水は見てはならざるごとく祀らる

水屋形を洩れる泉の音流る秋はことさら響きやすくて

隠れ処のごとく鎮まる泉涌寺《せんにゅうじ》午後の秋陽をぽっと浴びいつ

ふじばかま触手のごときをしゅんしゅんと伸ばして勢う伏見稲荷に

商売の神とてかまわず病人の快癒も祈るお稲荷さんに

四季桜ぽっかりあいた空に咲き季節の境界あらざるごとし

夕照り

夫の入院明日に控えてイヴの夜を家族で丸きケーキ切り分く

夫病めば小さな家族の単位にてとおきニュースのごとき正月

梯子乗り猿の曲芸決まれるを人垣のそとに拍手して過ぐ

頭も脚も線路のごとき夫の傷枕木の一部抜糸されいつ

夕照りに真っ赤な椿が裏山の樟を押し分けこちら見ている

ひんがしに月が来ており　きのうから点滴外れた夫の病室

東京タワー懐かしき明かり立ち上げて夫の病室の夜景になりぬ

雪のこる露地を曲がれば中天にほがらに笑う月降りている

万両のひくく実れるはつ春の庭におらぬか赤い鳥など

大雪を分けて退院する夫の車が坂道あとずさりせり

地球儀

不動尊水をかけられ立つ池の淵にゆらめく水陽炎が

昼間見し三目六臂《さんもくろっぴ》の愛染明王のいずれの腕にか夢に抱かる

蠟梅は無きかと問えば紅梅をすすめる花屋の若き店員

食い違うことばひとつにずれてゆく心の尖に分銅ゆれる

命日に思えばふとも死に時を得て逝きたりし父と思えり

再たの世もこの養父母の子でいたし春の彼岸の遺影仰げば

命日と生誕の日をともにする彼岸の父と此岸の孫と

はつまごに贈りたる大き地球儀が出窓に置かれ所在なさそう

娘の家の留守居に泊まるわれ宛に気弱なる夫のメールいくたび

踊子草女子寮のフェンスをくぐり出し咲き満ちている今日の嬉しさ

三角巾に吊るせば腕は重たくて痛みの根源わからずなりぬ

前《さき》の世の誰とあそぶか洛中洛外図のさくらの下にさくら仰ぐは

閉じた眸を目薬はみ出て今日見たる桜はなびら零れるごとし

吉田神社の風

小鳥鳴くひびき晶《すず》しきはつなつの吉田神社に婚儀のすすむ

大叔父の夫が心身たてなおす吉田神社の神前の式

親族の大叔母となり座る席大叔父たる夫の付き添いとして

竹群に起こりたる風が降りおろす光の帯の笹の葉あまた

京都には京都の風吹き蹴上《けあげ》とはこの辺りにてきびす返さむ

国境

最北の宗谷岬の海へだてかすかに光る雪の樺太

引き潮は或るところにて突然に青き海なす宗谷海峡

最果ての宗谷岬に国境はつね危うかり海の引き潮

遠浅の宗谷海峡に浮かびたる残雪のサハリン近くて遠し

ヤチブキは蝦夷立金花《えぞのりゅうきんか》はつなつの澄海岬《すかいみさき》に青くさわだつ

オホーツクの海より来たる風の尖千島《ちしま》桜とわれを揺らせり

ＪＲ宗谷本線ここまでとガラス張りなる稚内駅

野うさぎが一匹跳ねる湿原に木道歩くにんげんの列

富士講の宿

潔斎をなしたる川の滝は消え幻のごと鬼百合咲けり

宿坊の御師《おし》の裏庭に鎮まりし火の形見なる熔岩樹型

冨士信仰の御師の庭にはゆうらりと夕顔しずかな時間湛えつ

ここに来て会う冨士講の拠り処なす身禄《みろく》の木地の彩色の美し

導かれ来たれば御師の戸川家に食行《じきぎょう》身禄が端然と待つ

十日目がもっとも苦しとすさまじき即身仏になりゆく過程

文化遺産以前も以後も土地人の眺める富士は日常に即く

なまよみの甲斐に神棲む山際の窓を襲える光と雷雨

当事者

生垣の満天星枯れていまさらに間に合わぬ散水ひたすらに為す

救急車よべばすぐ来て顔あらう間もなく乗り込む夫の傍えに

保険証と診察券とお財布とあと何が要る　足らざる気力

救急車を風景のごと見ていしが乗ればたちまち当事者となる

「道あけて下さい救急車が通ります」赤信号ぬけて高速道ぬけず

ＣＴに血液検査心電図頸動脈……同意書あまた

病院の帰りは空腹満たさんとスパゲッティなどフォークに巻きて

病院の植え込みに咲くひるがおが今日ははやばや萎んでいたり

紅茶ミルク

揚羽蝶ひらりと光る木の繁みいつから秋になったのだろう

「御用あらば」民生委員たずね来ぬ　斑入りの十薬ひっそりと増え

予定表組みなおす家族病者には病者の時間ゆるくながれて

キャンセルいくつこの秋に為し人生という語古びぬ夫の病めれば

うずくまるわれを隠して雑草は猛りたつゆえ鎌に根を掘る

昨夜《よべ》窓に逃がしたるはずの蟷螂は不意打ちのごと頭に跳びきたり

娘がわれに紅茶ミルクを作りくる今日はぐっすり寝られるように

自己弁護

水皺なす東京湾のむこうには蜃気楼のごとビル群うかぶ

人為的初歩的ミスに作業員また被曝せり福島原発

液状化の街並みきれいに補修され幕張ビル群しずかなる洞

窓外に海と空とが底なしの暗黒となる夜の幕張

スカイツリー遠近感なく観潮楼の前に見えるを鷗外知らず

直次郎の風景画の空間に眼の息抜きをする鷗外記念館

人生は自己弁護だと草むらの蜥蜴の擬態におよぶ鷗外

「金井君」の洋行までの自己弁護その後の自己分析読めば真夜中
（※『ヰタ・セクスアリス』の主人公）

肘掛け椅子

ゆうぐれの坂道の途中にコスモスがかぼそく揺れて晩秋となる

頑張ると夫言えば無理をしないでと言い弱音を吐けば頑張れという

杖つきてエレベーターまで見送れる夫のさびしさをドアが遮る

家中の段差測りて提出す夫の帰宅の準備に入りて

バス、トイレ、いずこも必ず付き添えと注意に縛らる一時帰宅は

病院に去年も今年も夫の見るクリスマスツリーが夜の庭照らす

ひといきに黄葉とげたる公孫樹が円錐形に鳴り出だしたり

帰宅する夫を迎える玄関に小さきシクラメンの花かごを置く

一泊の帰宅に夫はまどろみてほほえみ浮かぶ肘掛け椅子に

きょう月は何のこころかひきしぼり弓を張りたり天空たかく

秋冷えの晨十薬の化粧水手の甲にわずか酸っぱく匂う

お正月のしつらい

子供の頃から、儀式や格式めいた事には縁遠い環境だった。引揚者の戦後の貧しさもあり、正月のしつらいなどはシンプルなものだった。母が百人一首ならぬ犬棒カルタと「あんみつ姫」の合わせカルタを用意し、押絵の付いた羽子板を飾って、父と私に着物を着せてくれた。黒豆や寒天の料理なども涙ぐましく大切な正月のしつらいだった気がする。

正月に百人一首などあらぬ幼きわれの犬棒カルタ

馬返し

馬返しスコリアふみてずるずると滑りていまだ一合目前

祭事後の幟を垂らす暗き木々ゆうべの霊気あつまりやすし

吉田口禊所《みそぎどころ》の馬返し霊の重さにひとり遅れる

ここからは道のけわしき馬返し人も返せと木の声ひびく

返せざる道もあるべし馬返し樹木にまぎれ木となるゆうべ

北口本宮大前祈願の欅かけ首つつしみて神前に立つ

名を呼ばれ頭下げれば扉の奥に木花開耶姫見つめているか

おはぐろとんぼ旅の終わりの白壁についいと来たりてそののちを見ず

小高賢さん逝く

真昼間の電話は日常をくつがえす　嘘！と聞きなおす小高さんの死

小高さん早すぎるよと呼び掛ける遺影に君は穏やかな笑み

「新宿の会」のメンバー喧嘩もし互みに若手たりし日はあり

物言うに口をへの字に曲げるなと言われたりしも若き日のこと

同じ釜のめしを食いたる仲間とぞ言えば頷きいたりしかの日

大雪にずぶずぶ足を取られつつこの世かの世の境も見えず

何急ぎ逝ってしまいし小高さん憤怒のごとく大雪となる

生き急ぐごとくに仕事をしたる人いまも頭上で大きな声す

小高さん夢にいくたび訪れてこの世の外の言葉を交わす

ひとしきり狂いて降りたるぼたん雪ふっつりやみて空に浮く月

枯淡の指

笹本恒子の『100歳のファインダー』に収まれる齋藤史の煙草のけむり

塩とたばこの専売制度ありし頃たばこ喫いたる齋藤史も

明治のおんな養老静江、齋藤史の煙草をはさむ枯淡の指は

メイ牛山、杉村春子の手のしぐさ対極なれど明治の女

いずこにも有りたる戦後のバラックもそこに住む子も昨日のわれら

みどりの葫蘆島《ころとう》航路

明治二十九年シアトル定期航路開かれる。氷川丸は昭和五年、横浜船渠で竣工し、五月十三日神戸から処女航海に出航、十七日にシアトルに向け横浜を発つ。

晴れた日の氷川丸豪華貨客船の乗れようながす見上げるわれを
かざり毛布置かれいる一等客室に夢をむすびしあまたの人ら

天井もドアも手摺りもアールデコ写せば鏡にわれが映りぬ

昭和十四年第二次世界大戦勃発により、昭和十六年七月の大阪帰着を最終航として、同年十一月病院船として徴用される。

赤十字のマーク描かれて特設病院船たりし氷川丸　昭和十六年

戦後の昭和二十年九月より翌年八月まで、病院船のまま復員輸送にあたり、二十一年八月十五日付で大陸からの一般邦人の引揚げ輸送の任務につく。

シアトル航路病院船航路全航路の図　みどりの線は引揚げ船航路

葫蘆島より引揚げたると聞きしのみ幼きわれは船の名聞かず

引揚げ輸送の葫蘆島航路のみどりの線わが足跡と見ゆ氷川丸にて

九月には満州の早き秋冷に追われて乗りしか引揚げ船に

わすれめや　昭和二十一年九月六日を満州引揚者らのいのち運ばる

ははよ母この船のどこに抱かれて運ばれきたるか祖国日本へ

博多と葫蘆島三航海、マニラ名古屋間一航海　八〇〇〇の引揚げ者運びたる船

機銃掃射、空爆、触雷をくぐりぬけし鋼板の厚さおごそかに見ゆ

異母きょうだいは大連より引揚げて佐世保に着きしとこのごろ聴きぬ

ちちははよ満州はたしかな現実かわが半生はとうに過ぎたり

昭和二十二年一月に任務を終え、二十八年七月シアトル航路に氷川丸復帰。その後昭和三十五年に引退。現在、横浜山下公園桟橋に係留されている。

圧倒的な重量のディーゼルエンジンが船底にありしずけさとして

丘の上

手をひかれ童女佇ちいる丘のうえ夢のなかにて手を振りており

夢のなかの童女は童子に変わりいて手を振らず見る遠き丘の上

病室に朝陽あかるく射しおれど手術着に待つさむそうな夫

手術待つ夫に表情とぼしくて皺ばかりふかく陽に浮かびたり

ひとつずつ夫がうしなう夫自身悪性腫瘍再発のたび

迷いいる信号待ちの交差路に雲のきれめの薄日が射せり

あかぽっぽ号

花水木の枝の高処にいつよりか鳥の巣ありて鳥見あたらず

「ヒヤシンス薄紫に咲きにけりはじめて心顫ひそめし日」　北原白秋

風信子《ふうしんし》・ヒュアキントス・ヒヤシント　ヒヤシンス買わむこころ顫えて

ふくらすずめ枯芝にあそび群れなして影ごと動く存在として

翔びたてる群より残るすずめ二羽ここに居ようと　ふと決めたはず

今日もまた夫の転倒支えきれず泣きたくて仰ぐついたち月を

笑わなくなりたるわれの介護鬱になる寸前の息を吐き出す

細胞にどんな意志ありて選びたる夫の頭に四つの腫瘍

介助用のウェアラブル・ロボットが溢れて交差路ゆく日のくるか

遠足に出すごと夫を送り出す特養ホームのショートステイに

ステイから逃げ出した夫が白き椅子に座っていたり午睡のゆめに

多摩川の氷《ひ》のごときひかり越えたればかすかな痛みは身の奥に湧く

とおき日にこどもの国にあそびたる友の家族にそののち会わず

せいせいと枝を伸ばして紅梅も白梅も天の領域に入る

白加賀は風花のごとちらちらとときおり光る山の斜面に

梅林の窪地あかるく陽を溜めて枝枝の影這わせていたり

行くほどに梅宇宙なすこどもの国あかぽっぽ号の汽笛は鳴れり

ばねゆび

小田原の街は潮の香りせり文学館へちかづくほどに

西海子《さいかち》小路ずんずんゆけば白秋のからたちの実が実るよ小さく

拾いたる青栗やわく手から手へついにすべなく木の下へおく

海よりの波の飛沫を浴びたくて破砕の岸をめざしてすすむ

天も地も暑きまひるを睡蓮のわずかに咲きてつばめらが翔ぶ

列島に法案ひとつ生まれおり　死者を呑む空はたてのなくて

戦後七十年安保法案の可決され未来のいつの日回顧さるるや

大くらげはたこの夏はサメ寄せるにっぽんの岸に再稼動の火

深海の大王烏賊の眼はけわし地球の裂け目を見てきたように

地の裂けめ空の裂けめの零したる火も水も狂うほかなき世紀

がらがらと音立て崩れゆくものは家族か国か病む人の辺に

公共放送は接着剤か否多元的なるべしというコメントに頷く

弾発指《ばねゆび》の中指まがり戻らざる怖れなだめて添え木して寝る

たんぽぽ酵母

さざんかの小暗き丘の木の葉透け流れひかるも冬の多摩川

顔、首とひろがる湿疹哀れまれ賜わるよもぎ油手作り石鹸

ストレス性だけはお助けできないがせめてもと届く手作り石鹸

たんぽぽの酵母がかゆみを抑えるといえども沁みる初春はきて

一日に二度の転倒をしたる夫恒例の初詣をあきらめている

帰り際またねと言えば「うん再た」とうなずく少女成人近し

大人になる実感なきとボソリ言う十九歳のおみなごしずか

かさぶたの剝がれたがって顔かゆし斑の幹太きすずかけの下

救急車呼ぶか呼ばぬか真夜中に迷えば寒気のひた満ちる部屋

ひとまずは様子を見てと夫寝かせそこよりわれの眠られぬ夜

夫の着る「ブラック＆ホワイト」のセーターのほつれをかがる母のごとくに

梅の居所

ほらそこと見知らぬ人に教えられ白梅あれば礼など言えり

よく見れば空に一輪また一輪小さく光りつ松陰の梅

祀られし松陰いまも志士たちの墓に説きいん国のあやうさ

下衣、襦袢まとわせ松陰の亡骸に首を乗せたる伊藤ら

世田谷線に繋がれている直弼の豪徳寺と松陰の松陰神社

広大な井伊家の墓地の行き止まりそびえて白し梅の無言は

松陰も直弼も見る年ごとの梅それぞれの居所を占めいる

ご近所

ゆきやなぎ木香薔薇咲きさくら咲き浅きえにしのよき人ら去る

極端な言葉ばかりを選る夫の脳にいかなる快感やある

向かい家も裏のお宅も転居すと告げられ惜しむ他生の縁を

不自由な腕より通す夫のシャツ干されて揺れる風たつ午後を

八度目の夫の手術に触れもせずコーヒータイムを寄り合う家族

大人の塗り絵の複雑すぎて疲れつつ夫に代わり吾が塗る「菖蒲」

資材置き場の空き地に咲ける立葵上へ上へと雨にむかいて

病院を変われば検査また検査夫の腫瘍の対処決まらず

いくたびも線引きなおし終わりなき夫のノートの読書計画

花つけず茂る水木にジジと鳴く蝉に「いってきます」と言えり

蘇峰の杖

小新聞《こしんぶん》と大新聞《おおしんぶん》のありし時代「国民新聞」は中間拓《ひら》きし

平民主義を掲げし蘇峰が国家主義になるはたやすし戦争ありて

愛杖家蘇峰の杖の貌いくつ仙人のかお蛇のかお寄る

記念館に蘇峰の愛した杖あまた音たて歩む夜もありぬべし

国家主義になりたる蘇峰の変節にジャーナリズムの在り様問わる

山中湖愛して蘇峰の名づけたる報湖祭《ほうこさい》すぎて吹く風すずし

双宜荘《そうぎそう》に蘇峰の愛した向日葵もやまゆりも濡らす湖畔の日照雨

やまゆりの六枚の花弁が迎えたるぶっかけ蕎麦屋にぶっかけ食べる

時が待つ

大韓航空の火災によりて滑走路閉鎖となりし離陸寸前

他社機火災発生のゆえにと欠航を調整せる二時間降りるもならず

ショートステイに夫を預けてきたるゆえゆかねばならぬ娘との旅

そもそもは何処へ行くはずと尋ねられ行くはずの旅などなきごとし

一泊旅行の残り時間を計るのみ夜の八時の金沢駅に

物騒かと問えば夜は人おらず安全というフロント嬢は

夜目に澄む水路にかかる右衛門橋ここゆけば右衛門に出会えるような

密度濃き闇がどっかと居座れる夜の武家屋敷の奥までゆかず

いまもなお金沢四高に残されるブリタニカ書籍尊厳として
座せば硬き金沢四高の小さき椅子にかがやきいたれ超然主義は
ベンチには老いへとみちびく時が待つ夏草わけてここへ掛けよと

秋の塩

姫女苑しろく水辺を埋めつくしし夢の中まで雨のふりだす

転移などする前に昔は死んでいましたと夫の手術の担当医言う

遺書らしく書きたるを夫に見せられて法律通りを頷くのみに

何度目の緊急入院おもそうにまぶたを開けてまた閉じる夫

水たまる胸膜炎の夫見舞い戻りし真夜の雨はどしゃぶり

満ちるとき干くとき海に潮時のあれど見えざる人体の塩

秋の塩ひとふり落とせば酸ゆさ増すウユニ塩湖を見ざる一生《ひとよ》に

能登塩田もウユニ塩湖も塩壺にとじこめて白し　秋の卓上

蔓物棚

押し上げるわが掌をずっしり押し返す蔓物棚《つるものだな》に下がるひょうたん

軽そうで重たいひょうたん無知の知が詰っていそうだ　人の頭上に

漢織《あやはとり》呉織《くれはとり》にて織られれば由由しきならん力芝《ちからしば》など

百花園に危険な絶景なれども逆さの空にあめんぼ泳ぐ

へのへのもへの案山子立てられ神田《しんでん》の稲穂は実る瑞穂の国に

ゆびさす方

戻らざる今日という日を惜しみつつ夫の妄想を笑みつつ聞けり

譫妄の夫が聞きたる笑い声ゆびさす方をともに見詰める

誤嚥性肺炎の夫に送らるる管の食事にお節などなし

元気でここに来てくれることがありがたいなど神妙に言うある日の夫は

元の病院へもどればひさしぶりねとナースらに声かけられて素直なる夫

右もひだりも病気ばかりの年の瀬や赤唐辛子の吊るしかがやく

老衰の犬の命をつなぐため注射器に入れる流動食を

病めば犬も面変りしてむっくりと首を上ぐれど小屋から出でず

さびしいか前脚でわが手を押さえつつぺろぺろ舐める　ララもういいよ

菊の花あかく咲きだし荒れ庭に香れば明日へつなぐ夢あれ

雪の手術日

施設より手術のための病院へ移れば夫の穏やかさ消ゆ

天気予報は雪にて明日の手術日はこごえる寒さをしきりに告げる

病室にてわれに短歌を続けよと遺言のごとく言いたり夫は

家族のため働いてきたという夫にご苦労様といえば頷く

斜めから下から噴き上げふる雪をただに見詰める手術待つ間を

腫瘍五つ取り除きたる夫の首カギの字型の傷痕あらた

言葉とはくちびる有りて伝わるを麻痺にて夫はことばを逃がす

万両の密密と実るふゆの庭あかき命はなぜか切なし

あめんぼは全身のちから脱くように水面をわたる脱くとは楽か

喪

冬空になだれる雲の切片に夕日は作る影のあまたを

一日が長いと筆談せし夫の入院つづく秋からふゆへ

くりかえす転院に夫はもう観念せるごと何もしゃべらず

親子三人同室に寝るはいつ以来　モニターの数字ひたに見守る

娘とふたり傍に泊まると告げたれば昏睡の夫は息にて応う

満月をつと見に立ちしそのスキに夫はそっと息を止めたり

息止まり心臓のみが動けるをモニターの誤作動というも今が臨終

満月が奪いてゆきしか仰のけの夫の喉仏の荒き呼吸を

幾度手をふって出でたる病室かもうお別れの手を振ることもなし

雲の端ほぐれて広がるさざなみは涙のごとしふゆぞら青く

かさね来し二人の人生終わりたりこの先を未来というのかどうか

無音の部屋に

ようやくに自宅に戻りねむる夫もう沢山の管のはずされ

白布をめくれば造られし笑みうかべ いずこの好々爺か二夜を眠る

話すこと口とじること叶わずに病み瘠せたる顔きれいに消さる

パシ　キシ　となにか分からぬ音のたつ仏とわれと隣り合う部屋

もうわれを庇護してくれる人おらず　小さき体に喪服を纏う

人体の形うしなう境界か火葬場に続くトンネル口あく

骨壺に納まりきらぬ夫の骨一回きりの生を軋ます

悲しむは誰がためならん　籠り居の身内より湧くふいの嗚咽は

リビングにゆっくり冬陽が移るとき無音の部屋に埋もれゆくなり

うしろのドア

夫も犬もはげまして来たる四ヶ月　犬逝き夫逝き水仙が咲く

かなしみに蓋するごとく一本の水仙挿せり細首の瓶

まだそこにいるようでもう居ない夫は父母の遺影に並ぶ

供花そろそろ枯れ始めれば七七忌生者のために花籠とどく

娘には父われには夫亡くなりていずれ寂しき四月のさくら

介護より解かれたる身体しくしくと風に痛みぬいずこ行きても

人生にいくつの節目あるものか　うしろのドアがパタンと閉まる

またふとも豆電球が点き用すめばいつしか消える死者の意志かも

雪柳風に揺ればかの世にて咳き込みいんか飯食む夫は

もう三月《みつき》とりのこされてぼんやりと夜ごとすわりぬ仏壇のまえ

マスクの線が顔にのこるをなぞりつつコーヒーを飲むきみ在らぬ卓

川辺のさくら小雨にけぶり生も死も茫茫と宙宇にのみこむごとし

去年きみと見たりしさくらに挨拶す　これから「偲ぶ会」に行きます

ここからが第二の人生と励まされ第三かも知れぬ椅子より立ちぬ

II

旅の雹

切り替える心はひとつ明日のため　夫の写真を忍ばせる旅

かつて父が捕虜となりたるシベリアの凍る地の果てまでは見えねど

装甲車、兵士ら並びメーデーの演習をするエルミタージュ広場

ネヴァ川の対岸に低くついてきた太陽をバスは川に置き去る

サンクトペテルブルクは日に幾度あめを降らせて雲のかがやく

ネフスキー通りのベンチに座る　百年もそうしてさみしさ忘るるごとく

何もかもなかったように雹ふりてたちまち晴れる夫亡き旅に

事あらばプーチンを守る衛兵は交替のため足上げて来る

かなしみを封じこめればかなしみは無いように旅の雨に濡れいつ

路面電車を追い越すバスに幾度見え夕陽に洗わる「血の上の聖堂」

結論は保留のままにうつしみはモイカ運河の橋いそぎ越ゆ

イワン雷帝の聖ワシリー寺院の玉ねぎの捩れの模様が時代を超える

朝顔

愛新覚羅慧生《あいしんかくらえいせい》の母浩さんの愛した朝顔縁どり白し

朝顔の種子蒔き水やり咲き出せば幾度見にゆく早起きをして

満州語に漢字を当てた愛新覚羅《あいしんぎょろ》は清朝王室の姓にてかなし

生地満州に繋がるえにしのごと咲かす愛新覚羅浩の朝顔

二百十日の風

色えんぴつの塗り絵の「家族の盆踊り」仕上げることなく夫は逝きたり

誰がために着る浴衣かも赤き帯しめて越えなんこの世かの世も

秋の夜の八尾《やつお》今町《いままち》聞名寺《もんみょうじ》に阿弥陀もわれも酔うおわら節

「送りましょかよ峠の茶屋まで……」講中《こうじゅう》の錆びある声の風の盆唄

浴衣着てあるけばどこの細道か　うつつ世出でて西町におり

町流しまだ来ぬ道の縁台にぼんぼり灯る夜の暗さ見ゆ

二百十日の風を鎮める風の盆　三味も踊りもひっそりと過ぐ

町流し見送りもどる夜の道旅路の果てのごとくしずけし

岩田先生逝く

笑顔の岩田先生

訃報うけふたたび乗りし電車にて霧のごと這う背なのさびしさ

忘れもの取りに戻れば愉快そうにわれを笑いし岩田先生

会場を去るにぴょこんとお辞儀すれば笑って頷きいたりし先生

「ランブル」に先生囲み歌人論仕上げし二十三年前　還らざり

こめかみに青筋たてて怒りたる先生　三越講座の帰り

柿生にて先生の酷評を受けたるも今はだいじな還らぬむかし

先生のお骨上げして帰る道　ゆわんと大きな月ゆがみたり

少しずつジャブが効いて来るように身にひびきくる夫と先生の死

馬場先生の寂しさに思い及ぶとき入日は山の輪郭濃くす

仕事

妻われの仕事かきみの一周忌に御骨を納むふゆの墓苑に

ひとゝせを家に在りたる夫の魂いずこへゆかん納骨すれば

くらく寒く唐櫃《かろうと》の蓋閉じたれば今日からそこにひとり居る夫

墓石はそっと拭くべしひび入れば死者の声など洩るるかしれず

つきつめれば妻と子のみがさびしみて事足るごとし逝きてしまえば

骨壺の消えたる部屋の空白に白檀の香を立たす夜の更け

水仙を切りて仏壇に供えれば死者も生者も顔を寄せ合う

ちちははと夫の遺影に見詰めらる障子の薄日の机に向きて

さよならでなく

ＩＣＵに眠れる友はもうすでに友の面輪を失いいたり

ゼラニュウムもローズマリーも息衝くか夜半の窓外の激しき雨に

さびしさに添えず逝かせし友思えば無念ばかりが渦巻く夜半

こんな死は選びも望みもせぬものを口惜しからん寺戸さん

旅立ちに役立つならばと若き日のわれの小紋がなきがらに添う

姉様人形の形に小紋をのせられて寺戸さんは平たく眠る

通夜の席に大会の夜の失敗を語るもふたりの思い出なれば

さよならでなくありがとうと言うときに涙こみ上げ止まらずなりぬ

夏の蒼穹

蓮の華とうに眠りて公園の池のおもては無音なる闇

中国の旅の思い出こまごまと語り合いたるは一ヶ月まえ

父の罪贖うごとく異母兄は旧満州へ誘いくれし

父の匂い持ちいし異母兄亡くなればついにうしなう裡なる父を

真っ直ぐな気性の兄なりさいごまで「さん」づけでわれを呼びたまいし

曇天を受け止めるごと掲げたる泰山木の花のましろさ

それぞれの齢を生きて姉弟ら集う寺庭に凌霄花なだる

花ざくろ仰ぎていればばい異母きょうだいの誰もやさしくわれに声かく

コスモスも凌霄花も咲く庭に歳月は瞬時にすぎてゆくらし

縁ありて異母きょうだいなり　石榴はや実をつけて兄の七七忌

兄の御骨父のとなりと位置決まる　しきりに蟻が行き来する間を

雷鳴が間をおきて来る夜の窓　人は生まれていつか死にゆく

夫も師も友につづいて兄も逝きどこまで沓き夏の蒼穹

バルトの旅

「血の日曜日」の写真見てきしテレビ塔するどき先端に満月が沿う

小さき十字架捧げるシャウレイの野のすそにひかりつつ白蝶寄り来ては去る

ＫＧＢ博物館の階段を下りかけて拒まる重き空気に

ガイドブックは半端な気持ちで行くなとも絶対行けとも　ＫＧＢ博物館

ロシアより独立したリトアニア　ラトビア　エストニア

二百万人の人間の鎖に勝ち取りし独立の旗がはためくバルト

森と湖のバルト三国ふしぎなるしずけさ流るいずこ行きても

仏壇は開けたままにて出たる旅ほとけは自由に出入《ではい》りせしか

にっぽんの秋だ団地の空き地には白曼珠沙華赤曼珠沙華

家族の莫蓙

若き日の笑顔の夫が枕辺に来ていて何か食べ物を選る

まだ動く口にてかゆいという夫の背をさすれば骨尖りいし

実在し居なくなりたる痕跡のテーブルに置く柏葉紫陽花

迎え火を焚かむと出づればば蟬ばさと背にぶつかりていずかたへ消ゆ

ローズマリーは迷迭香《まんねんろう》ともいうらしき日々あたらしき小花咲かせて

夫の本片付けきれず零れたる四葉のクローバーの押し花あまた

君の本きみの日記も処分してしくしく咲き出す十薬あまた

あれはいつの桜か見むと公園に病む夫の座す場所を捜しき

何処にも死角つくらぬ公園に家族の茣蓙を敷く場所のなし

君の残ししルーズリーフの嵩高く使い切るころわが衰えるかも

かの日森に夫が吹きたる草笛の音はこびくる夏の風なり

死者たちに背中見られて今日われは茗荷のまわりの十薬を抜く

郷土

デブリ溜め沈黙ふかき原子炉は中秋の名月に晒されていん

廃炉工程表見たことなけれどロボットは溶けずに取り出すか燃料デブリを

大揺れの喫茶をいでて救世軍に身を寄せし日より八年

今日を凌げばあしたがあると福島の人のことばの沁みて八年

氷海に漂うごとき雲の間の名月はどこか不安げに居り

嵐という情緒はなくて台風の暴力に備えし養生テープ

「私にとっての〈郷土〉」とはと問われて。
かつて都下南多摩郡稲城村と呼ばれた面影はない。

進駐軍の倉庫たりにし引揚げ寮は高層団地となりてかがやく

神社のみ位置を変えずにありたれば故郷と呼ぶべきよすがとなして

たんぽぽを首に咲かせいし狛犬は三十年経て何をか吼える

畑地には一本大きな向日葵がむかしを憶えと立ち尽くしおり

分校、仮校、農道も大事な原風景だ。

今にして以前あるゆえ以後がある辛き時代の第二の郷土

ブリキのオルゴール

橋の上に目陰し見れば上げ潮の川膨れつつ水は青冥

自粛疲れに街へ出でゆき鉄製のフライパン一つ買って来たりぬ

新しきウイルス出ればその前のウイルスはやさしかったような気がする

ことさらに小鳥の声の澄み透る　日常こそが今こそ大事

長の娘と見送りたりし子供みこし昨年の秋なり踏切の前

「いいこと教えてあげる　だいすき」という園児はうそつきと事務の娘は

なつかない兎のアリスが今日は娘に手をだしたという園に飼われて

老夫婦かたわらで何か語らうに距離とりて座る午後の神戸屋

真昼間を移動販売車より流れくる「おいしいお豆腐」のラッパの音が

籠り居にニースのブリキのオルゴール螺子巻けば鳴る同じフレーズ

所在なく『「正法眼蔵随聞記」を読む』を読む栄西《ようさい》に会うまで

てのひらにウールのごとくマスク洗う　そっとそっと息守るため

ウイルスと素手で闘うごとき日々マスクと手洗い洗顔もして

誰彼に逢えざる日々をゆく道に野薊咲けりただひたに咲く

いま欲しいサージカルマスクのおすそ分け友の気っ風を拝し頂く

芍薬はまぼろしのごとけぶり咲く守り札ひとつ送られてきて

長身の婿が障子を張り替えて嵌めたる部屋に明るきひかり

破れ障子新しくなれば仏壇の父母も夫もふかき息せり

兎と亀

幼稚園に兎と亀はそれぞれに飼われて競争をすることもなし

休園中の亀は先生に預けられ甲羅の艶増し戻り来たると

羊らの中で弱気な一匹をめざしてころがす顆粒の餌を
ねむるとき呼び出す羊らまなぶたをあふれて廻るわが日月を

光明への距離

アーアーとカラスが鳴いて電柱にさびしい時はさびしめと言う

漸佳《ざんか》・迎月《げいげつ》・雙眉《そうび》と銘打つ橋くぐり海へ急ぎぬ梅の初川

初川に五橋架けられ「行くものはかならず佇む」駐杖《ちゅうじょう》の橋

水平線の向こうは見えず明日というはかりきれざる距離としてあり

ことばなく海辺のベンチに海見ればこころ添わすという距離もある

繋留のヨットのマストは帆を待ちて立春《りしゅん》のそらを直立ち指せり

窓外の昏れたる列車の空席に古代魚のごと身を沈めたり

「20世紀のポスター」展　4首

コミュニケーションのはじめに言葉ポスターのはじめに文字あり中立的に

４０年代のポリオのポスター「見えてきた光明」観るに取るディスタンス

ポスターは変移遂げつつコミュニケーションの在り処を求むウイルスもまた

二、三年先のことなどあきらめて傷めた足に合う靴を買う

歳月の穴

黒日傘黒マスクして夫在らぬ五年目のなつ立ちくらみせり

玄関の前に転がりいたる蟬いずこへ行きし一夜明ければ

病得ていのちひとつを庇いつつ照り返し烈しき街角を越ゆ

濃厚接触、人流と規制語ふえゆきて籠もりつつ老ゆ幼なじみも

蝙蝠が縦横無尽に空を切りかえりゆくらし歳月の穴

蟬とすずむし

反照のはげしき交差路人流という先には野戦病院

昨年のいまごろカテーテル検査入院の病室に見し大き白雲

ストレッチャーに運ばれたれば手術着のわれははかなき一己の軀

果たされぬ約束ばかりふえてゆくデルタ株きてラムダ株来て

自粛なる夜のつれづれに読みたれば塩野七生のサロメ腑に落つ

蟬ほそく鳴く夜の庭にすずむしも涼しく鳴きだす豪雨の合間

真昼間の陽にかがやけるつわぶきの気負えるごとし　気負うも大事

緊急事態解除されれば懐かしむごとくに訪ぬ遠きパン屋を

「御影堂《みえいどう》の前で」と誰か言わざれど待ちたし空海の東寺に

「グランマ・モーゼス展」

七十代より百歳までを描き通しまだ描きたしと言いしモーゼス

グランマ・モーゼスのレシピどおりのアップル・バター酸味と甘み控えめな味

「シュガリング・オフ」に賑わう雪の森メープルシロップに始まる春は

「人生は自分で作るこれまでもこれからも」百一歳のグランマ・モーゼス

失いやすく忘れたくなき旧き時代百歳のモーゼスの遠空の「虹」

梅の前

寺庭に紅梅白梅咲き爛けてしずかに艶めく薄日のなかを

白梅の臈長けてふかき沈黙を分け合えば余白の空を雲ゆく

媼らは車いすにて言葉なく枝垂れる梅の前に置かるる

たまかぎる夕べ仰げば寺庭の背後のきりぎし揺らす大樟

ひとりずつ媼ら消える梅のまえ老人ホームの送迎バスに

大鸛の十三羽ほど集まりて軍港の浅瀬の藻など啄ばむ

自衛隊の「うずしお」らしきがぷっくりと半身浮かぶ米軍基地に

潜水艦のみ米軍バースに停泊を許されると言う案内人は

一枚の絵となる軍艦と水鳥と浮かぶ港湾はるの日ながく

再始動

手首用黒きサポーター嵌める手はくりだすごとし手裏剣などを

ウイルスも地震も戦争も隙をつく　人は何にて滅ぶるならん

街路樹の根方にそろう土筆ん坊もう摘みて来ずかの世の夫は

娘とふたり凌いできたる五年余のひとまずここから今日を明日を

鏑木清方は終戦の年、再疎開した

暁も黄昏もよき御殿場の富士は清方を再始動させし

清方の女性の編笠さがすごと江の島詣です弁財天に

十五童子の役割あれば願うべき筆硯童子の学問、叡智

愛敬童子は弓矢を持ちて叶えるか若者の恋　老年の愛

戦後初めての日展に清方の再始動として一気に描き上げたという「春雪」。冨士の頂きに積もった雪のイメージを小袖の深川鼠の色にこめたという。

黄昏の深川鼠の冨士の色袖にしのべば春雪ぞ降る

浅田飴

夏籠《げご》もりならぬステイホームの解除され雨しきふればトマトが匂う

誕生日の七夕は雨が多い

雨しばし止みたる空の深処には光年の川しずかに流る

何十年も懐かしみ来し「二人の瞳」ＤＶＤをアマゾンに購う

傷痍軍人、戦争孤児に靴磨き　次の戦争には誰も残らず

昭和五年茂吉は満鉄に招かれて大連から奉天・松花江・万里長城など周遊する。

茂吉には関わりなけれど奉天にわれは生まれてそののち長し

「ただならぬ寒き国土《くにつち》に送りたる兵の村人いのち果てし」　茂吉

『石泉』に削られたりし歌として満州事変、上海事変は

五十歳を茂吉さびしく越えんとて老いを歌うに吾はとうに越ゆ

昭和六年五月、茂吉は日記に「體ノ工合本當デナイ」と書く。咽にプロタルゴールを塗り、キニーネ、アスピリンの服用なども。

咽喉弱きわが塗るルゴール茂吉塗りしプロタルゴールは同じか否か

熱海への転地の茂吉は車中にてアララギ選歌し夜《よ》は喘鳴す

茂吉の義父宿りて逝きし福島屋のぞけば暗しガラス戸の中

五月三十一日の茂吉の日記に記された歌。「妻とふたり床を並べて寝しことも幾年ぶりかこよひねむれず（ぬ）」

妻輝子も訪れたりし樋口旅館大きな空白が塀に囲まる

喘痰にこころさびしく転地せし茂吉の熱海にときおり薄陽

間歇泉、湯前神社と辿りきて咽喉病めば茂吉の浅田飴舐む

初めての市外公衆電話に交わされし人の言葉は如何なる言葉

間歇泉の脇に六角形の電話ボックス白くまぶしく人を待ちおり

朝の結晶

バスを待つ歩道の草生をつと出でて水平に時を切りゆく蜻蛉

複眼のトンボに見られいるならん蜻蛉を好きだと眼で追うわれは

段葛逸れてあゆめば誰が家か植え込みの間に桔梗しずけし

鏑木清方の「夏から秋へ—季節のよそおい—」展。「虫の音」は昭和22年の作。

清方の描く丸髷きりしゃんと晶しく萩に虫の音を聴く

清方の意匠ほどこす絽の裾は旅立つ千鳥のめざす大空

戦後幾年ようやく浴衣を着たる母キキョウ哀しく匂いていたり

日の当たる草原好む山野草自生の桔梗は絶滅危惧種

天空の渚をぬけてくる風のしずくを青く溜めたる桔梗

飲み下すことばは浄化さるるべし　聖杯のごと桔梗ひらく

「あさがほ」と詠まれしキキョウの涼しさは待ちたる朝の結晶として

数珠玉

家族四人で来たりし寮も今はなく仙石原に夏草は輝る

桔梗も蜻蛉も生きるかそやかに地球の隅の夏のおわりを

たったひとりの女孫がわれに引合す伴侶となれる佳き青年を

四月よりの手帳を買えばそこまでのひと月余りが付録のような

手を取られひたすら階段下りたればその先は海　岩にあそべと

熱を病む夢に揺れてる藤の花　あれは遊行寺に遊びたる花

夫逝きて六年すぎればこもごもにあらたな時間が過ぎていたりし

数珠玉の草の末枯れに数珠玉が種子のまつぶさ遂げんとすらし

過去・現在・彼岸につづく反橋に一歩一歩の足がかり有り

あとがき

　前歌集『時のむこうへ』に続く第六歌集となります。二〇一二年五月から二〇二三年一月までのほぼ十年間の作品から四八六首を収録し、集名を『種子のまつぶさ』としました。歌集は前半と後半をⅠとⅡに分けました。Ⅰは夫の闘病から死までの時間で、夫の闘病は十五年間に及び前歌集に重なりますが、最後の三年がⅠになります。Ⅱは夫の死後の七年間ということになります。

　夫は、悪性腫瘍と診断され、十五年間に計八回の頭の手術の末に亡くなりました。その壮絶な最期を看取った後の虚脱感は大きく、人生の大方が終わったような気がしました。この年には師の岩田正先生も他界され、前後して「かりん」の初期からの仲間の小高賢さん、寺戸和子さんも亡くなり、他にも友人や、お世話になった方々、身内では父の面影の残る異母兄もこの世を去り、深い空虚感に襲われました。

ここからどこに向かって歩んでいったら良いのか、空漠たる日々は別の時間への入り口を探る日々でもありましたが、時間はとどまることなく過ぎていきます。夫の七回忌を済ませたことで、歌集上梓に踏み切りました。

この期間は、人生の大きな節目を迎えましたが、社会的にも新型コロナ禍やウクライナへのロシアの侵攻、自然災害も多発し、これまで以上に普通の日常の大切さを痛感した時期でした。「別の入り口」は「今」と切り離してあるわけではなく、過去から先の見えぬ未来にも繋がる大事な「今」の時間として、ひたすらに時間の尾っぽを摑もうとしてきたように思います。そして、これからも明日に繋がる「今」を大事に歩んでいきたいと願っています。

ここ数年、馬場あき子先生にお目にかかる機会が減りましたが、先生に叱られた夢を今でも見ては、懐かしく思います。これまで座標軸である先生はじめ結社内外の多くの方に助けられ励まされてきました。深く感謝申し上げます。

また、何年も前からお声をかけてくださった本阿弥書店の奥田洋子様にお世話になり、嬉しく心より御礼申し上げます。装幀の長谷川周平様にも感謝申し上げます。どのような装幀になるのか今から楽しみにしております。

二〇二三年三月

佐波　洋子

著者略歴

佐波洋子（さば・ようこ）

1943年、中国瀋陽（旧奉天）生まれ。

1976年、「まひる野」入会。

1978年、馬場あき子の「かりん」創刊により短歌結社「歌林の会」入会。「まひる野」退会。馬場あき子に師事。

現在、歌誌「かりん」選者。現代歌人協会会員。日本歌人クラブ参与（元中央幹事）。日本詩歌文学館振興会評議員。神奈川県歌人会会長。歌集に『鳥の風景』、『光をわけて』、『秋草冬草』（日本歌人クラブ南関東ブロック第一回優良歌集賞受賞）、『羽觴のつばさ』、『佐波洋子歌集』（現代短歌文庫）、『時のむこうへ』（第40回日本歌人クラブ賞受賞）、『鳥の風景』（第一歌集文庫）など7冊。歌書に『同世代女性――歌のエコロジー』（共著）。など。

住所　〒227-0034　横浜市青葉区桂台2-25-41

かりん叢書　第415篇

歌集　種子《しゅし》のまつぶさ

2023年6月8日　初版発行

著　者　佐波　洋子

発行者　奥田　洋子

発行所　本阿弥《ほんあみ》書店

東京都千代田区神田猿楽町2-1-8　三恵ビル　〒101-0064
電話　03(3294)7068(代)　振替　00100-5-164430

印刷・製本　三和印刷(株)

定　価：2970円（本体2700円）⑩

ISBN 978-4-7768-1642-3 C0092 (3358)　Printed in Japan